DESCUBRE las

con tus amigos

De regreso a ,

Kevin el

prepara su .

Hemma ediciones

Rudy, la ardilla	rodillo	pasta	huevo	batidor	nuez
platón		molde	pastel	peladilla	sol
columpio	búho	campana		castillo	rebanada
pájaro	casa		rayo	cubo	avión
tambor	cortinas	gotas de lluvia	tapete		ventana
pantuflas	vela	cerillo		escalera	canasta
avellanas	barco	pez	pecera	cojín	silla

Busco las palabras con Rudy, la ardilla

Texto de Jacqueline Rainaud
Ilustraciones de Michael Rainaud
Traducción de Ma. del Pilar Ortíz L.

Hemma ediciones

¿Qué prepara Rudy la ?

El  para extender la . Bate

las claras de con el

a punto de nieve. Pone

unas cucharadas de en polvo

en un y vierte todo en el  .

¡Ya puede meterse al horno!

¡Qué bonito ! ¡Ha quedado delicioso!

Rudy la  coloca por encima algunas

 para decorarlo.

Al amanecer, el sol se...
y al anochecer, se...

se oculta

El se va a ocultar muy pronto.

Rudy la , en su ,

espera a su amigo Tony el .

Cuando la  del

suena, Tony el llega.

Los golosos amigos se comen dos grandes

 de  .

Las migajas de pastel les encantan a los

 .

Tony el  regresa a su  feliz.

Rudy la  bosteza de cansancio.

Rudy la acaba de dormirse.

De repente se oye a lo lejos el retumbar

de los truenos.

Pronto los  desgarran el cielo.

Los  apilados, el y el

 forman sombras inmensas.

El viento mueve con fuerza las  .

Las mojan el  .

Rudy la se despierta sobresaltada

y corre a cerrar la .

¡Es un verdadero diluvio!

Rudy la  se pone sus  ,

busca una  y prende un  ,

después empieza a bajar la .

¡Qué desastre!

La  de flota como un .

El rojo quiere saltar fuera de la .

El  de la está empapado.

Hay agua por todas partes.

Rudy la  sube la  .

Tony el vive cerca del

en lo alto de la colina.

Tony el no puede ver las

escondidas detrás de las  .

¿Quién utiliza normalmente un catalejo?

El capitán en su barco

De pronto, una voz grita:

–¡AUXILIO! ¡AUXILIO!

Tony el toma su

y ve a Rudy la que

hace señales con las .

¿Cómo salvará a Rudy la  ?

¡Tony el tiene una idea!

A la luz de la  , desata

la  del .

¡Uno, dos! ¡Uno, dos! Los

se hunden en el agua.

La avanza entre los  de los

Rudy la  , asomada a la ,

distingue a lo lejos una luz.

—¡Hey, hey! ¡Aquí estoy!

La  de Tony el 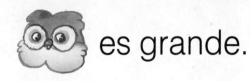 es grande.

Rudy la  acepta cambiarse de casa.

La se llena de cosas.

¡Cuidado! El con el letrero ''frágil''

contiene la  y las  .

El  está envuelto con un  .

La está cargada con el

enrollado.

Los  llevan los  ,

sin olvidar el  .

Para subir la colina hay que

tirar de la  . Para que

el no se resbale lo detienen

con la .

En la , colgada de un ,

se balancea la del rojo.

Echan un último a la  para

ver si está vacía

¡Adelante! La , tirada por Tony

el , sube lentamente.

La instalación de Rudy la

empieza.

La  es colocada cerca de la  .

Rudy la arregla sus  .

El verde de Rudy la

está colgado en un  .

Los están colocados sobre la .

Las  están ya debajo de la 🛏️ .

Esta 📦 contiene el resto del 🎂 .

¡Trae un  Tony! Nuestros dos

amigos se comen el pastel con mucho apetito.

¿Quién duerme durante el día?
Tony el .

¿Quién duerme por la noche?
Rudy la .

Pero hoy están tan cansados que duermen

todo el día en su blanda  .

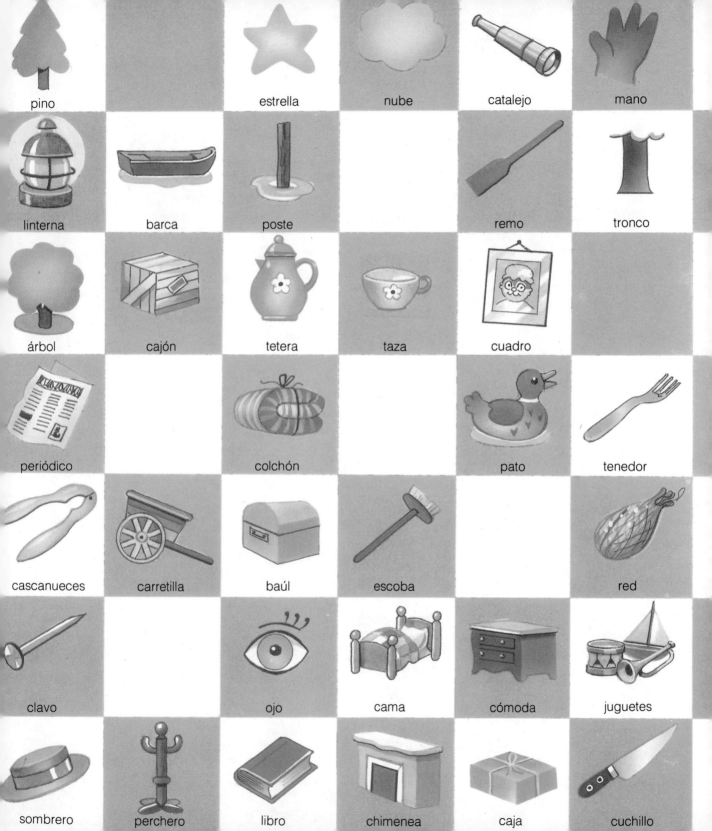

pino		estrella	nube	catalejo	mano
linterna	barca	poste		remo	tronco
árbol	cajón	tetera	taza	cuadro	
periódico		colchón		pato	tenedor
cascanueces	carretilla	baúl	escoba		red
clavo		ojo	cama	cómoda	juguetes
sombrero	perchero	libro	chimenea	caja	cuchillo

JEREMÍAS, el gato

ojos

pastel

vela

plato

tenedor

regalo

paraguas

gotas

cortinas

ventana

nube

rebanada

fresas

tazón

terrón de azúcar

puerta

sol

rata

hojas

árboles

casa

tejas

pájaros

patas

cabaña

puertas

barril

zuecos

sombrilla

mesa

hongo

rama

pino

Busco las palabras con Jeremías, el gato

Idea e ilustraciones de
Michel Rainaud
Textos de M. Urbina
Traducción de Ma. del Pilar Ortíz L.

Hemma
ediciones

Hoy es el cumpleaños de Jeremías

el  .

Abre mucho los  ante

el donde brillan cuatro  .

A un lado de su , cerca de su  ,

Jeremías el ve un  .

¡Qué alegría: es un  !

Jeremías el  quiere que, mañana,

caigan algunas 💧💧💧 de agua

para estrenar su bonito ☂️.

Al despertarse, Jeremías el abre

las  y mira por la  .

En el cielo no hay ni una  .

Jeremías el come dos

de pan con y bebe un

de leche con cuatro de azúcar.

Jeremías el se dirige hacia la

Orgulloso, Jeremías el  abre

su  y pasea bajo el .

¡La Señora  se ríe de él!

De repente, el viento sopla, sopla...

Las  de los  vuelan.

Jeremías el quiere cerrar su  .

¡Imposible! Desde el aire, Jeremías

el  ve su  muy pequeña y

las  que parecen dos  volando.

Pero el viento se calma. Jeremías

el gesticula para no chocar

con los  y se sujeta bien

con sus dos al  .

Jeremías el aterriza cerca

de una  con azules.

En un  , cerca de la , hay

unos bonitos  .

La de la  del jardín es

un gran . Jeremías el 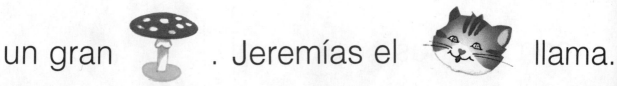 llama.

¡No contesta nadie!

De repente, Jeremías el oye

un chasquido de  secas.

Entre dos se asoma Belita, la  .

Mientras Jeremías el  le cuenta

su gran aventura, Belita la

le prepara un  de y

un  de jugo de .

En la , bonitos

se asan para el postre.

¡Pero la noche se acerca!...

Belita la  prepara una  .

Sobre el suave  de  , Jeremías

el  se duerme.

En cuanto aparece el y el primer

canto del  , Belita la

acompaña a Jeremías el

hasta su  .

¡Pero tenemos que cruzar el río!

¡No hay  , ni  , ni  !

Las  se posan sobre los

Jeremías el  tiene una idea genial!

Su bonito le servirá de  .

Dos  serán los  .

¡Funciona! ¡Funciona!

A nuestros dos amigos les acompañan

dos  .

Pero la corriente es muy rápida...

¡Los  dan media vuelta cerca de

la !

Jeremías el  y Belita la

sujetan muy fuerte el mango del

¡La  no está muy lejos!...

¡Así es como el  se convierte en !

Jeremías el se agarra de las

y Belita la cierra los .

¡Estamos salvados! Las emociones abren

el apetito.

Mientras Jeremías el

va a buscar  y  ,

Belita la pone su y sus

a secar en una  abandonada

cerca del campo de  .

Por fin Jeremías el  vuelve, con

las cargadas de  y de  .

¡Belita la  tiene un hambre de  !

La  es larga.

El cielo se cubre de grandes  grises.

El señor detiene su

e invita a Jeremías el  y a Belita

la  a subir sobre los  de paja.

Cuando llegan cerca del pequeño ,

Jeremías el da las gracias al señor

 .

Unos pasos más y Jeremías

descubre, entre los , su  .

¡Belita la  da saltos de alegría!

Las  de agua caen de las ⬢.

"¡Llueve, se moja, es la fiesta de

la !" cantan Jeremías el

y Belita la  .

ELITA, la ardilla	avellana	vaso	naranja	chimenea
malvaviscos		cama	colchón	pluma	gallo
puente	bote		balsa	libélula	carrizos
remos	pato	peces	piedra		cascada
paracaídas	manzana	uvas		vestido	zapatos
	carretilla	maíz	patas	pera	lobo
tractor	haz	el señor perro		carretera	rana

cerca	gallo	plumas	nido	gallina	pollito
huevo	ala	patas	matorral	flor	cascarón
cuna	bola	ojos	Fermín, el pollito	Oscar, el pato	sol
tina		cepillo	camisa	hierba	flor
cuello	Mamá pata	patito		estanque	carrizo
trampolín	rana	pez	libélula	golondrina	
jaula	puerta	casa	pájaro		semillas

Busco las palabras con Fermín, el pollito

Idea e ilustraciones de
Michel Rainaud
Textos de M. Urbina
Traducción de Ma. del Pilar Ortíz L.

Hemma
ediciones

Subido a la  ,el  hincha

sus y canta su ¡KI KI RI KÍ!

En su , Mamá espera el

nacimiento de 6 pequeños

Por última vez, cuenta sus

$1 + 1 + 1 + 1 + 1 = 5$

¡Falta 1 !

¡Un no puede volar, no tiene !

¡Un no puede andar, no tiene !

Pero, ¿dónde está?

¡Por supuesto, un puede rodar!

¡TOC, TOC, TOC! ¿Quién hace ese ruido

en el  de ?

De repente, el  se abre y, de

esa 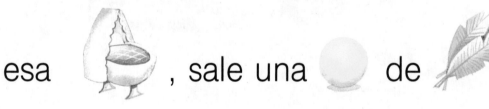, sale una de 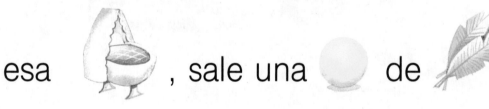 amarillas

con dos grandes negros.

¡Es Fermín el !

¡PÍO, PÍO, PÍO, PÍO...!

Al oir la llamada, Oscar el aparta

las y descubre a Fermín el .

Oscar el ha encontrado un amigo.

El calienta. Cerca de la

y del , unas   se secan

en la llena de  .

Oscar el  escoge la mejor

con un gran para Fermín

el .

¡Qué sorpresa para Mamá  en

el momento de ir a vestir a sus !

¿Cuál se quedará sin ?

Al llegar al  , Oscar el  sube

al  que le sirve de  .

¡Salta como una  y plaf!

Cae al agua en medio de los .

Fermín el  también salta...

Las  vienen a socorrerle.

Pero las  , más rápidas,

atrapan a Fermín el  por el extremo

de las .

¡Uf! Fermín el no se ha mojado.

Las emociones abren el apetito.

Hay que ser pequeño como Fermín el

para entrar en la  que cuelga

en la  de la y pedirle al

azul algunas y un trozo

de . Pero, ¡cuidado con las

del  que salta hacia la  !

¡Sálvese quien pueda!

El  azul está en libertad.

Nuestros amigos, a la sombra del ,

comen con mucho apetito.

Ahora Oscar el va a enseñarle

a Fermín el , las  con

grandes . Su leche servirá para

preparar buenos .

Más lejos están las

con  como las  .

Con su lana, se hacen las  .

En el prado, Fermín el recoge

dos  , dos  y dos  .

¡Cuidado! Al  no le gusta el

color rojo.

¡Qué carrera! Fermín el

está en lo más alto de un  !

En la  , un viene a

posarse sujetando con el unas

Fermín el descubre el paisaje.

¡Chu cu chu! El  se parece

a una

¡La  es una larga  !

El  invita a Fermín el a

descansar en su  y se va volando...

¡Fermín el también se lanza a volar!

Pero, ¿qué sucede?

¡Imposible volar: las de

Fermín el  son muy pequeñas!

En su caída, Fermín el atrapa

unas  que se caen de las  ...

Fermín el cierra los , pero

su descenso es frenado por algo. ¿Qué?

¡Oscar el  ha pedido ayuda!

La  ha puesto su mullida y

Fermín el resbala como por

una ...

Fermín el está muy triste.

En el  , no sabe nadar.

En el cielo, no sabe volar.

La señora  , que pasea con su

llena de , le oye llorar.

¡Qué suerte! La señora  conoce

a su mamá que lo está buscando

por todas partes.

Por el camino de la  , Oscar

el y Fermín el saltan de

alegría, rodeados de  y de  .

La 🌙 aparece en el cielo.

Mamá , feliz, cubre con

su de 🪶 a sus 6 pequeños

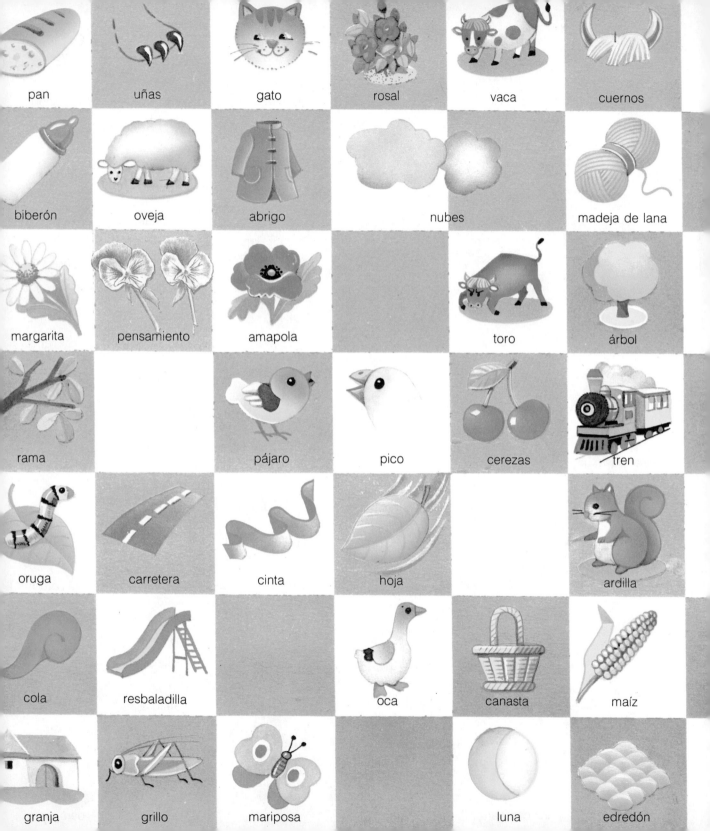

pan	uñas	gato	rosal	vaca	cuernos
biberón	oveja	abrigo	nubes		madeja de lana
margarita	pensamiento	amapola		toro	árbol
rama		pájaro	pico	cerezas	tren
oruga	carretera	cinta	hoja		ardilla
cola	resbaladilla		oca	canasta	maíz
granja	grillo	mariposa		luna	edredón

Kevin el mapache

canasta

calcetines

pantalón

cepillo

jabón

burbujas

rama

árbol

gotas

nubes

sol

carretilla

pájaro

camino

abeja

mariposa

flor

ojos

pala

raíces

casa

mochila

rebanadas de pan

cerezas

queso

botella

gorra

gemelos

puerta

llave

manantial

molino

rueda

nariz con nariz

pata

patito

paraguas

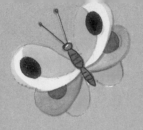

Busco las palabras con Kevin el mapache

Texto de Jacqueline Rainaud
Ilustrado por Michel Rainaud
Traducción de Ma. del Pilar Ortíz L.

Hemma
ediciones

A la orilla del río, Kevin el

saca de su , unos 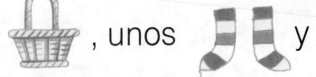 y

unos  muy sucios.

¡Qué alegría da frotar con el y

ver como el  hace  !

Los  colgados, se secan entre las

 de un .

Algunas de lluvia caen de

las  .

Kevin el decide terminar de lavar

su ropa a la mañana siguiente.

Hoy el  brilla

Kevin, el  empuja su mientras

escucha el canto de los .

A lo largo del que conduce al río

las  y las  vuelan de

en . De pronto,

Kevin el  abre asombrado sus .

¡El río ha desaparecido!

Kevin el  encuentra la

que había perdido entre

las  de un .

De regreso a , Kevin el

prepara su . Guarda

algunas , unas , un pedazo de  y una  de agua.

Kevin el se pone su y toma

sus . Después cierra

la de la  con .

¡Ahora puede empezar el viaje!

Kevin el  va a subir por

la orilla del río hasta llegar al  .

Kevin el  pasa cerca de un

La ya no gira. ¡No hay ni una sola

 de agua! En un recodo del

Kevin el  se encuentra con

mamá  y sus  ¡que acaban

de tomar su primer baño!

¡Kevin el  tiene una idea!

Con un  y una de agua hace

una  donde los  pueden nadar.

Hay molinos de agua y molinos de... viento

Kevin el  descubre con sus

una brillante como un .

Los se agrupan en la parte más

profunda de la  del río.

Kevin el  planta algunas

que darán sombra y protegerán a los

 de la mirada de la  .

Las  y las  hacen

compañía a los . ¡Tengan valor!

Kevin el  continúa su camino.

Cerca de una  que encalló, Rabby

el  hace señales con la .

Kevin el tiene que ayudarlo a abrir un

viejo  que cayó de una  .

¡Rabby el ha encontrado un  !

Las lanchas navegan por los ríos. Transportan arena, carbón, piedras...

Golpean muy fuerte con una

las , abren el y...

¡Oh sorpresa!

¡Son  de  ! ¡Desafortunadamente!

están vacías: el agua deshizo el

¡De pronto, Kevin el  ve unos

, que no están cortados con una .

¡Fueron roídos con los ! En ese

momento oye un ruido y descubre a un

que lleva un .

Kevin el  lo comprende todo.

Los  de madera impiden

el paso al agua.

Kevin el  ayuda a papá

a quitar algunos  . El agua

forma una : ¡El río vuelve a vivir!

Kevin el   descansa sobre un

y abre su .

Los comparten felices la merienda

que les ofrece Kevin el .

Las  desaparecen rápidamente.

De las  sólo quedan los  .

Kevin el  está cansado y decide dormir

la siesta bajo la sombra de un  antes de

emprender el  de regreso.

Mientras tanto,

¡papá  prepara una sorpresa!

Empieza a roer unos  . Los

pequeños  transportan los .

Los  se cortan rápidamente con los

mientras que las  posadas sobre los  observan la construcción.

Kevin el  duerme todavía.

Mamá  ata un  al

de la  que está casi terminada.

¡Viva Kevin el !

Los 🦆🦆 nadan alrededor de la .

Los 🐟🐟 saltan y se sumergen.

Rabby el 🐰 saborea una 🥕.

cubeta

piscina

mancha

diamante

pez

cama

garza

rana

libélula

barca

conejo

mano

baúl

lancha

tesoro

piedra

cerradura

caja

caramelo

azúcar

árbol

hacha

dientes

castor

tronco

cascada

terraplén

hueso

papá castor

camino

carrizo

helechos

Mamá castor

ramillete

mástil

balsa

paleta